JN055412

歌集

野にある

Takahashi Mizuho

髙橋みずほ

現代短歌社

目次

写真＝林　哲夫

装訂＝間村俊一

野にある

I

粒がゆく

土のほころぶ春かなダンゴ虫指の先に春をまるめて

春の虫春の風にゆれて葉にゆれて葉にひかる虫

ほくほくと冬の土のほころびに虫うごきだす春かな

ほくほくと崩れる土の丸き影あわきひざしに　いるよ

春を呼ぶ深き野のひろがりから芽うすむらさきの雫かな

紫の花の吐息となるようなあわいひかりの粒がゆく

まるく温め

どんぐりのおちる木の下あっちにもこっちにも童(わらべ)女童
集めてもほろほろこぼす手のひらにどんぐり帽子かしげて落ちる

落葉のなかをふみしめる足あげてそっと葉の端越える虫

葉のさやぎ聴きながらほとりと落ちるどんぐり帽子わすれておちる

赤いりんご秋の嵐の音のなか傾ぎかしぎてふいに放たれ

出遅れたせみがねむりについてまた一年の命をのばす

季節を越えながら地中にありてしずけさまるくまるく温め

もう鳴かない蟬にひらひらと蝶が風をおくる曇り日

蜆蝶午後の日差しをすべる葉の細き垂れを摑みそこねて

葛の蔓たれる石垣花にふれ土へ届くまでに夏はすぎ

なんということなくすぎてはらはらおちる冬薔薇の花びらの蕊

大工はときにリズムをつくりつつたたいてみてる屋根の上から

屋根たたく音が弾み転げゆく音おいかけて叩きつづける

秋空へたたみかけてくたたいてる大工の音の弾む金鎚

この秋のひかりと風と影にあるものがなしきはとおきときより

骨の傾れ

目覚めてあるを考えてみる考えてゆく明けの音する

かなしみをはらりと落とす雫かな柿の葉紅葉敷き詰められて

この命いただくひとに捧げるとおもわず生きて骨にされ

灯の下鰺小鰺の袋詰め死魚は死魚の上から落ちて

魚売り場に死魚ならび刻まれて二枚貝がひそと口開け

傲慢というのだろうか産み落とす卵数えてパックにつめて

嘴太の鴉銜えるうつくしき骨の傾れにいのちはあった

喉を刺す魚の骨の抵抗も胃のうちにしずかにきえて

鎌ふり挙げて挨拶をする緑かぜふくらめるやわき翅

なめてくる人らいてみなちからのうつるところへゆけり

みずからのためにうまれていきのこる脂肪筋肉塩味のする

鰺の群れなす海のたたかいに翻る尾にもつ光かな

またひとつうちに筋肉つくようなそんなほこりをにぎりしめ

雨音のときにつよきをつたえくる弾く葉もなき冬木立

丸きを抱え

体内につながる穴ふさがれて雪やなぎ白き花の香

ここにいるとんぼ翅をかたむけてほそきからだは風のなか

熊の子は母をめぐりて陽のなかに手つながれるまでをめぐる

硝子のビル立ち続けみずいろのそらの街から光はじきつつ

今日は雨、雪にかわる雫かな靴底にうすき雪覆うころ

雪つもる朝にゆく母しろき野の深きねむりにつきにゆく

粉雪にふれてきえ手のなかにつめたくてひとつめたきもの

ぽとりと涙を落とした形して白き器に菜の花が咲き

粉雪が杉の林に吹きつける夕暮れ道を帰るひと

山の鳩たたんだ羽にうずくまる寒きうちより膨らませ

おしどりのゆく池の面に映る地層をゆるやかにかわす水掻き

しずかな冬の道をあるけばとおくのぼる細月丸きを抱え

雫の形のままに固まっている小石かな

さびしさを抱えてひとのゆくことをふと思いて二日月

球根のましろさ雨にぬれ冬の土の温さを追うひげ根たち

雫をたたむ

めだかの甕に水浴びすヒヨドリの羽に雫をたたんで帰る

桃色を膨らませているそばでヒヨドリの来てまた行きぬ

ヒヨドリに見つかっている蕾のうすきはなびらをすこしのぞかせ

空の青海の青つかめぬものの形かなこころしずかにとけぬ

またひとつ季をへてある陽の光枯れ葉押し上げてゆくものがある

真向かいに底なしのうみの闇くりかえしくりかえして波音

雨飛沫車輪の廻る一瞬がまわりつづけてひとが去り

ゆめの風

ちいさなピンクにきりさめななめさがしあぐねてわすれられ

ひとひひとひピンクの足型待ちつつ硬くなってゆく

口きけぬ赤子のひみつおちていて片方の素足でかえる

たべてゆくまでの丸き穴そっと摑んでいる子のたたずみ

穴あいたものをたべてる子供たち円という形のくずれかけ

ひとつふたつ玉雫みつよつ蟬ごえにゆれてかすかに秋かな

ねむの木に青い雫のような連なりむかしのゆめにさめてゆく

もうわすれてもいいわすれられてもいい大木のなかの空洞

青しずくいつか実生の芽をだして青しずくつらなりて土の上

桃いろのゆめの風にゆれるまで青のしずくのつらなり

母のうた

いっせいに雀ちりとぶ田の端の道のまがりはゆるやかなりき

半月のそらのぼりゆく七草に半とうめいなあわき大根

母病みぬ病院までの道すがらバス待つ時間惜しみて歩き

しずかにむしばむ菌とたたかっている母のしろきあわさかな

とろとろと話をしだすははの指ぷつんときれたとはさみのうごき

ちいさくみだれる呼吸をととのえて声となるひと生きている

ひとり居のさびしさふあんのなかにいて途切れてしまう

あまたるき声をすこしふるわせてあわきひとりに包まれている

おもきかな生あるもののときはなつときはなたれるあわき洞（うろ）

子をうみて子のあることをたしかめているははのいるしろき病室

かさかさと透明袋の音のしてしまうはなにかつつましくある

細（こま）いしわの腕見せてきて筋肉のおちるはやさをすこし厭えり

耳かたむけてくる母の凹みはシーツの襞にてあるも

手と足の指をうごかしベットのしろき呼吸を母はたのしむ

眠られずかえしがえし身をあます人の凹みの重さのなかに

老いの不安というもことば少なの母つつみてみたす灯の橙

ふたりしずかの花しろきどこをむいているのだろうか

はらはらと牡丹のあわきはなびらの落ちてやわきゆうやみとなる

生きてゆくとおくでなにかがきれるよなうすき地平にとぎれて響き

Ⅱ

声がして

朝　かなかながかなかなかなと鳴きはじめ廿で入りぬ　空

ひとのよがおわるといっていたころは時計の針の未来が見えて

入道雲は青を食べつくす空の形をしずかにかえて

パラソルがとじた後ろに雲広がりぬ宙の果てをとざして

とおくの台風のめぐりから風を雲つたえてきたる人の町まで

ときにふと目光らせる男いてことばのうちをさぐるようなり

金いろを韜るしぐさにはさまれて困ってしまう光かな

真剣に生きるこころがはじかれてしようもなくて息し続けて

ふときもの丸い丸太をかついで地球の窪みにさすところ

重い球投げると飛ばない　いいきって投げ続ける小高きマウンド

人間が足場を組んでゆく空のとおく雲間に足を掛け

暑い夕暮れ氷の塊を手にしている小さな手のひら

冷たいとすくむ子わらう子子のなかの手の指のやさしくうごき

きわまれば雫ひとつでこぼれゆくあやうさにいる水木（こ）の葉

みえないと声がしてみえないものをさがしてる子のしずけさ

層となる風

長い廊下をかけぬける幼い子らに風うまれ思い出に消え

墓石の後ろの竹の太さを切られてひさしき節水たまり

帰らぬときめた土地のあるひと地上に土をさらさら零す

積み上げて積み上げてひと小さくて層となる風をみている

一階二階と積まれたるビルくずされるもときのなかなる

濃き緑淡き緑のつらなりにぐんぐんのびて樹のしげり

樹の繁り重なる葉影のせて太き影のふとき揺れかな

きみどりをうす桃色に染め上げて初秋の風に吹かれ桜木

口をあけ波紋をつくるめだかの不確かなれば尾を動かして

スカジャンの虎と一緒に挨拶す男の髭からぼそと音する

なんとなくきのうきょうと爽やかな風のゆきかう

急須の蓋のつまみがとれて穴あいたまま湯気のぼる

火にあててこすればこするほど伸びる芭蕉煎餅さくさく粉雪(こゆき)

粉雪をかけこんがりふくれるそのときを止めた人の指の先

ふるうごとうつくしくなる甘さに粉雪の舞う北国の森

人間がすこしひしげて見える夜流星群が流れるところ

からからとあばらの骨を落ちるよなかなしきこともある日暮れ

やさしさに触れたとたんに傾ぎ出す人のこころはなぜかかなしく

粉雪がすきといってなめている杉の木立はさむくはないか

このひともあのひともいきるためあの人らもこの人たちも

殺めて奪い生きてきた足裏でさぐりつつ
毒茸落葉のなかに埋もれるサクサクひとの足音を追う

証かな

うつくしきものというも暗闇にすわれてしまううつくしさかな

やさしさをふみつけてゆく人らゆく追われるようなかなしみをもち

蜜たっぷりと吸いてなお導かれつつ甘さになれた蜂の口

湾に三枚木の葉浮いていていて毛繕うかもめの綱渡り

あしもとからこぼれおちてく信頼をがさと浜辺のすなに混ぜるも

緑葉を裏返して風のゆくひらけばなにもない箱のなか

闇夜のここに重しをのせてゆく時の重みにかしげぬように

ゆれゆれて柿の木ゆれてまたゆれてかきみだされる人のいて

あけた扉にそえてゆくひらかぬように時のひずみの重さの上に

秋風はときに冷たき音含み翳りもちたる葉を落とす

蜘蛛の子ふふときえてゆく空間の銀の反射のうちに

赤き血の脈々と流れ出る人型めぐり死ぬまでめぐり

ふいに蚊の刺して吸う血　毒よりさきに打たれて死にき

とぎれたる糸をひきて蜘蛛がいる　秋　ピラカンサの木の下の
証かな

濡れた砂に引く線をしめらせて引き際すこしゆれる砂浜

海藻の根もぎ取られ打ち上げて干からびてゆく証かな

鉄剣

振りかざす乎獲居臣（おわけこ）鉄剣光りてついて来るのは　誰だ

獲加多支鹵（わかたける）王に仕えた忘れず刻め鉄剣に金の文字

細長く名をつらねいま在るを金錯銘（きんさくめい）鉄剣の人ら

乎獲居代々杖刀人首（じょうとうじんしゅ）仕えることにまもられていて

名を刻む金の光の人らに戦いの　ときのはかなさ

この広い荒野のひとびと鉄剣の輝きへいざなわれつつ

人々のささやかな暮らしに星々鉄剣の先に点りて

闇に見まごうほどの鉄剣にひとびとの嗅ぐ土の香を

ほろほろとくだける剣歯のこぼれて土に返す土となる

鉄剣もさびたるなかに人名をとどめてもろき

名があればあるたしかさにいるようないつしか墳墓の型も崩れて

古墳に眠る鉄剣を横たえて骸はしずか

振りかざし人馬従え鉄剣と深きねむりにつくまでを

馬具そろえ骸の横に並べおく黄泉の国の馬に乗る

黄泉の馬はとうめいでまたがれば風がおこるも

戦い終えてもなお鉄剣をもつさびしき持ち物はある

あの世を馬の速度で駆け抜ける夢を見てきたのだろうか　骨々

人あつまれば競い合い戦い殺す墓の大きさにて測れ

古墳に骸きえるころ馬具の光をぬすむ盗賊

ちからあるものの残した古墳も空洞抱えおり

はかなさも底にねむる空洞の上の桜木

古墳の上に桜植え花房ゆれにひとがきて風の花びら

戦いも花咲く花の房の揺れ風にゆるがしても樹は立てる

はるかときたてば桜根のわかれわかれて墳墓はまるく

もろびとが植えた桜花房ゆれてやさしき風をつくるも

川よりも太き水路のある土地に空洞かかえて墳墓の群れは

円墳は前方後円墳より高く青の空に触れる段もつ

円墳の先の青空人びとをよせつけ放つほど果てなる

満開の桜にぎわう円墳にはるか空洞の風音

一本の桜木の空一本の鉄剣ひそと空洞にあり

人型の闇

人間がにんげんらしくふるまえば闇をつつんだ人型が見え
ひとにながれる血潮途切れるまでしずかにまわるさざ波青く

なにをしてきたのだろうか信じるものをこわしつつ人

未来へとつなぐものがふときえるごとく見える人のずらしは

みだしつつみだされてゆくこころかなずらして風のようにさる

ほしいもの手をのばしてカンナおさない空に朱の花びらの

いつからか太ってゆくものがある蓑虫揺れて寒の風

空にひらく五本の指立てて折りつつ語るものがたり

灰を撒き灰のままなる枯れ枝に翁媼の欲にて太る

灰色の灰を撒いて咲く桃色の風に飛んで蕊のにぎわい

正直な媼翁の物語桜吹雪のなかにて消える

権力をにぎりしめた右の手は鋳型におさめた形する

するするとほどけてゆく紐巻き込んで動けぬままの指五本

左に剣を挿したバイキング動けぬだるまの形して

よわき雨したたりおちてきてさあまわせあすの朝日へ回り込む

ちいさく花の拳をかかげて栴檀の春きわまりひろげ

信じるもののうつくしさ遠ざけて群れて人型

ひとよりも多くつかむ手のひらのバラの棘にて死んだときけり

ひと針で血の玉指の先にのる赤き血潮は丸きに結ぶ

雲はもう背をむけてゆくとおくなる違(たが)うとうきめられていて

雲よりくれば雨のふり薄日のさせば雲はなれ逝けば透明

生のやわらぎ

物流のさまひとの息する町の縁かすめつつ光をつなぐ

川とおもえば運河の流れむかし人力溢れた町の港湾

生きものが空気ただよう空間に絶えてゆくつつましき形して

そこからはがれてゆく花びらの柔き重さのゆけり

虎がひくくしたがいてくる草原に草々風のとおりを開ける

背に寒き雨の降り出す見えないものに気づき始め

生卵落ちる感触は黄の重さつつみ放てる冷たさににて

杉菜のなかにタンポポ生まれもうもどれないもうもどらない

しめきったまどに水滴落ちて来てなみだ湧き出るような湿り気

時雨ふる武蔵野にいて落葉の音のにぶきかさつき

箸置きのゴミより探しだす日暮れつるりと鯨の尾をつかみ

とおくへゆくものたちへ青の空羽ばたきの風引きつれてゆけ

階段に終える間近の蟬手足放つときの生のやわらぎ

甘き腐敗

桑の実に滴うまれて黒ずみぬ甘き腐敗をかぎわけてゆく

バナナを食べた皮を剝ぐ熟れてめくれたバナナの香をたべた

にくしみもはんぱつしてくるくうきも消えずにのこる香のような

バナナをたべた香をひきめくる厚みにのこった筋たべた

透く夏にかぶりつけば水があふれてなにもなき甘さかな

バナナを焼いた真っ黒の皮のうちとろりとけるバナナをたべた

いつよりかうちに育つ細菌へクラリス一粒眠ってしまえ

鼻気道うちにめぐる洞に菌だれにもあって見えずにありて

バナナ食べた香引き摺って厨までの暗きにとける

食物と薬をうちに飲み込んでいかしつついきてみる

地球軸

かまきりのさみどり色がやって来てのぞく窓辺に梅雨明けて

さみどりのやわらかき鎌みせ威嚇のしぐさ透きとおる

頭より尻おおきくもちあげてかたむく世界にしがみつき

干し竿を通す穴より蟷螂の見る青の空に映え

やわらかき翅はばたいて来たここは朝顔蔓の惑うゆうぐれ

しずくながれおちるつぎつぎと窓むく南の透明硝子

土手カンナみじかき晩夏もゆきずれながら季めぐりつづけて

厚雲が張り出してきてゆうぐれる闇にみえない雨が降り

夕立となるまえに暮れるそら闇に吸われて雨音

闇　轟光線に雨落ちて速さひく線とどめて打音

ひとが集まって声を出すあらんかぎりのうたをうたって

桜、桜の幹弾け木肌がほらざらついていて

やさしく靡きながら疲れてるひとの肩にすこしふれ

人叫びひと争っている日常をまわしつかれた地球軸

Ⅲ

うすき凹凸

鳥羽のつけ根のようなところから痛みのはしる夢から覚めて

母逝って一年二年すぎゆくようなときつかめなくなり

父が死に母が死んで身ひとつ湯舟に浮かぶからだを見てる

亡くなったひとの言葉を追いながら生きてるような叫びがありぬ

雪降りつづきつもりて降りぬ命の消えた日も雪降り

霜が土押し上げて冬しののめのかじかむ雲のなびきかな

雲の来て一月半ばに降る雨の肌に当たりて滑るひと粒

しずかにことばかさねて南天青葉のかたき膨らみ

水滴が外のけしきを遠のけて透明隆起押しつけてくる

サフランがひとつふたつと咲き終わり葉だけでおわる土の球根

ゆきがふるゆきがふるとききながら曇り硝子にふわりと落ちる

ひそかにゆきがおりきて樹の森うすき凹凸となる

梅檀の実かれるをぶらさげてかたき皺を流れて氷雨

寝違えたところ背にありしばらくみえぬままに消えるようなり

風にひと滴りんでろん淋しい音かなりんでろんりんでろん

木椅子

子がしゃがみ母ふりむいて待つ湾に風車音なく淡しろき円

ゆく人ら左右からきて左右にゆきぬ取り残されて公園木椅子

秘密の話をしつつ行き来する劇をみている湾向く木椅子

前後に頭振りつつ鳩もゆく人間たちの影つつきつつ

横顔に丸き目ひとつもつ鳩も前進してる不思議さを振る

波寄せる湾はさみしき人つつむようにみせて置き去りのまま

湾に向く木椅子のこされ向くままに上がる飛沫に耳傾けて

ひとへと温もりのこす木椅子に枯れ葉の落ちてひとは絶え

ひとつ波音やみにきえ深まる闇の底に息づく

竹群れの

岡部由紀子さんから電話があった

もうダメありがとう絞り出す声にかけつけてみた秋の午後

ドアあけて声するところにゆけば玄米おむすび噛んでいて

いつもより頰ふっくらと嚙みつづけ嚙み続けまだ死はむこう

死　見果てぬ無　ほとりとおちるところからまたおちて雫玉

目覚めて生きる食べて寝るひと日ひとひの繰り返す無限にみちて

かぎりなくそこなしの刻みに生きるかぎりをどこかつけたく

無限にふるえかぎりをおそれほそき手の温もりに手をかさね

よわまってゆくからだにむきあって在ることのふしぎに耐えて

在ることの重みをもちて無にむかうひとの内部の神秘なる

雨戸をすこしあけたままのうすやみ安心する時もちていて

まほろばに竹の林がゆれてバス止まってみてた夕陽のひかり

まほろばに竹群れのゆれゆれやまぬゆれ落ちて葉のしずか重なり

竹群れのむこうに夕日ゆれまたゆれてゆるがされつつしずかにある

人と

窓におちて南へむかう風にしずくのあとのこされて

水玉模様がうまれて消えひときえる池の面の青味泥

池の面にみずたまもようひろげて布に青き水の玉

雨ふりだしてアゲハ蝶あわせた翅のままいたる

紫陽花の萼をつかみアゲハ蝶翅立てたまま　雨ふり

雨の間にたたんで立てた翅しずかささえて紫陽花玉の上

橙に黒目がありて動かぬうごけぬまま雨のふる

つややかな目をもつ蝶がみるそらからあまつぶがきて花玉に消え

ささやかなときにであう蝶とひと紫陽花はあわき桃色

風景のひとつ角のなつかしさ土手に沿いつつ曲がる川縁

追いつかれ追いぬいて追い越してゆく雲のみだれも見えなくなりて

四つ足の犬ふんばってにんげんの足とめている小春日

右巻きの尾っぽかかげて犬人をわずかに従え

木の葉舞えば犬追いかけて風のなかなる犬しっぽ

さようならといわれたようでさようならと振り返れば樹の黄葉
振り返りふり返りゆくたのしきかぜの舞う木の葉にふりかえる

層一センチ

こんにちはと挨拶されこんにちはとあいさつをして会えなくなった

東の入道雲がわきだして午後の水浴びしずくの光

空に子の声かくさんしきえるよな真昼間のきえるひと影

生き物のうごめくこえが風のなか風の動きのおとのかぜ

待ちながら冷たい風をうけている人肌温もりうばわれて

はげしく　ふれ　はげしくふれ　雨脚に音生む打（だ）音消す打音

濡れてしまえ雨つぶのなかしずくの染みて亀裂にきしむ

しこたま押さえつけられ人になることを忘れたひとたち

どこかでみんなしっているみんなしぬこときえること

不思議でもなくつきること火のなかにあり続けて人の型

もつ手に何もなければ腹たたくこんな夕暮れ時の人影

血管が青く高くもりあがる皮膚はそろそろ波よせてきて

こわされて赤い鳥居と蔵カンナ見えてまなく住宅が建ち

旧道にきつい曲がりがひとつあり電信柱角をおさえて

大島桜切られてる窓越しに見つつまがりはじめるバスは

この町でくらしておわるはるか地層の層一センチ

言葉のなかに

松平修文の生に寄せ

ゆきふってゆきのはなさくののしろくすきとおるまで雪の結晶

灯の下黄のかりんの放つ光の生の際にはるかともしび

不可思議な光を放つかりんの実いきている生きようとする

サフランの朱の濃き蕊も球根の太き息づきと思うかな

真冬の球根ふとる黒土に風花が来てそしてゆく

球根の内なる生を手のひらにのせて祈りをしずかにおくる

雨音がおもいを断ちて消えてゆく夕暮れどきの甕の水

サフランの細葉の束ののびきってとおく逝くひとのしずけさに似て

厳しさを横顔にもつ人と会えずに終わり逝きて向かえり

しずけさに木立のめぐり陽をためて墓石たかくあたたか

花手向け野の菊紫りんどうと挿せば黄蝶が墓越えてゆく

こんなしずかなときのなかでねむるひとときおり鳥のはばたきをのせ

なかなかつかぬ線香としずかなときをわかちていたる

黄蝶が飛んで行った光は陽だろうか葉の輝きだろうか

つるりと人の温もり流して新しき人をいれた墓石

内へたたかっていきた人にこの山懐はやさしくあるか

鳶のなく山の木立を降りてふりかえる紅葉垂れて憩う墓石

一本の電話のむこうの声のひとであり続けるほのかな出会い

ことばのくうきをふくむしずけさ心におちて滲むまで

会えずに終わるかなしみの杉木立ことばのなかにしずかに眠れ

Ⅳ

脈にかさね

この道は分かれてゆきぬ人立ちてもわかれゆく道

とおく地の振動にゆれる人間おなじ刻みのゆれ間に生き

小刻みにふるえるなかにひとはいて莫たるものをうけとめにゆく

朝から雨ふり大雨の音こくこくと秒針きざむときのおと

電線につなげられてる町の地下符号の渦になった人声

雨を降らせる雲がきてかぜにながされきえてゆく

あしもとに来る風うみの波たたせ泡にきえる砂の湿り気

海からの運河に蔦の夏枯れの葉が落ちて光の波線

岸壁を離れる船の航路は海深き底の上なる羅針盤

湾岸をめぐる高架橋越えのぼる陽の炸裂に消えた人たち

耳すましとおくきえたものたちをもなりざふかくうちに包むも

黒く髪ゆくかぜにありうごかない端より風にときはじむ

鳴く鳥秋空に羽ばたかせてゆけりかなしみも癒えるころにて

電柱の山鳩鳴き声あげる天辺平らかにて位置をたしかめ

電線のたるみかけたるを摑みて太く太く鳴く山の鳩

こぼれてなくした手のひらぬくもりかさねて手あたためてひと

風ふくなかに手さしいれてかぜの鼓動を脈にかさねて

太き管秘めて鳴く山鳩のとおきむかしの話をしよう

透明な海道

磐城行方（なめかた）多賀城牡鹿気仙（けせま）の土に眠るをつなげれば海道が見え

豊かさを育む古湊（こみなと）波頭あつめてつなぐ海の道

人とひと／ものつなぎて運ぶ透明な海道を櫓で描き

ヤマトタケルの東征伝承あわく海道あらわれて確かさとなる

透明さ掻いて進む櫓のさきに未知なる土地の国造り

早稲(わせ)中稲(なかて)晩稲(おくて)大和の田植え季人々の深き智恵に植えられて

古僧子(こほうしこ)白稲(しろしね)地蔵子(ちくらこ)女和早の穂日照り嵐に根を張った

歌ことばに生き続ける稲の名をいつくしみつつ稔らせて

木簡もみのりの米も統制のなかにてありて人々が生き

管理する管理される米ひともおもいわずらうなかのひと粒

ひとめぼれつや姫コシヒカリとおく連なり郡司のにぎる種子の札

米の国ささえていたる里刀自（さとじ）の土器の底の墨の文字

豊かな稔り子につたうささやかに思いのなかの素なちから

里刀自（さとじ）の種子守るいとなみのふくよかに箸のさきの一粒

米も血もいまを生きる人々の深きそこに流れてきたる

人をつなぐも結ぶまどいもふたしかな揺れる海の道の上

ときに金（きん）ときに昆布鮑米ときに移住の人の海道

大鷲の羽熊毛皮鉄の交易に戦う兵士の濃き影となる

従わす従わぬ力を持てば抵抗す繰り返しつつ人社会

〈海道蝦夷〉〈山道蝦夷〉服従せぬ人間たちもいて国はある

地の恵み貢ぐ策貫く誇り武器もち挑むそれぞれに人

反乱を治め人々移動させ安定とう柵立ててゆく

俘囚（ふしゅう）らも大和の民もはるか交換・移住にて混ざり合う

何百何千人の移住にて列島一族となる国造り

名より〈俘囚〉取るを願えば叶う意志のようなるしずかな目論見

移住も代かわれば古里となる生き抜く人の佇みは濃く

ぬっと出てくる土器人面の海岸つなげて北への海道

海岸に人面土器出て来て古の儀式に残る人の貌

ひとびとの間をながれ運ばれてくる罪穢れ海へ向かう

長き川流されてきて人穢れ海の女神の待つ口の洞

呑み込んだものみな根の国底の国女神が負えばさすらいに消え

罪がみな呑み込まれた海岸に墨書人面土器いかめしく

海底のとどろきわたる深き怒りをおさえる土器は

駿河伊豆相模三浦香取の海磐城多賀城人面土器海岸線

地を揺する海底断層畏怖ありて土器人面の太き墨痕

海底の轟く音も土器の野にふかくしずめつつ古人（いにしえびと）は

陸と波出あうところに佇めばとどろく音は内に響くも

ゆきかえる波の頭の高まりにそっと合わす手のかたち

海の道川の道へいる固き意志ぶつかり合いて渦巻くところ

海道より陸の奥へゆく北上の川に逆らう力というは

〈陸奥〉も海道からの呼び名かな手強い蝦夷に遭う奥所

力にて制することの迷いも櫓の掻き回す海水の渦

国造りうつくしき志あることを思い巡らす人のゆき処

助けるも拒み首を刎ねられる阿弖流為（あてるい）は未来も生き続け

地に生きる人々吐息土器木簡漆紙文書のなかに見え

北上の河口大きく開かれて牡鹿人の生き抜くところ

豊かさも征圧も運ぶ水運担いつつ風を呼ぶ波の族

人々の生きるちからを育んで古の地は海に向かうも

——『東北「海道」の古代史』

野のたたずみ

人を呼ぶ口のかたちの音のどもとにこもってゆけり砂の浜

さびしさ唇ふれてとどまるをそのままにしてときの過ぎ

かなしきもはかなきもひとつ口もと海原にふかき息する

しずけさおときえてこのひろがりに人いなくひと風のむこうにひと

人生きてはかなきひと鼓動すてしずかにおくる波のおと

振り向いてここに人がいたひろがりに深くひとたちがいる

沈黙の野——石巻　2011.9

道たずねれば食い入るほどの眼の奥にかなしみの湖湛えていたる

湛える湖にしずめて指さすところまっすぐな坂の道

人家なき間をながれる北上の川たいらかなうみにまみれる

みさだめがたきあわき背景に家高台の輪郭の濃き鎮もり

この高台の日常がすべりおちてゆくような階段にいる

日常を背負いつつ一段ずつを降りるほどのしずもる平地

とおくうみまでの地に草が生えて野のひろがりに似て

ひとまっすぐな道沿いをひとり一歩一歩見えて

降りれば墓石が倒れてたおれて跨ぐことの罪びととなる

死ののちの生きた証の石（いし）墓標重き塊となりて　しずか

とぎれるを野をつくりたる土の知るひと粒種を深く抱えて

ひとの生まれおちる確かさをたしかめてゆく生なるか
いずれ死ぬいずれと思う生の不確かさありて生きていて
この深くある地の断層の上の草々緑も生あるふしぎ

住と道の境をみわけつつゆっくりとあるきてまがる

東から西へとゆく陽を浴びておだやかな町ささやかに人

ささやかな暮らしささやかにあるを川と海との出会うところ

海の波のよせる潮騒山深くくる水音のする

とおく釘と木槌の音にはがされてゆく寺の本堂　人がいる

木板剝がせばはがるる音のはこばれてゆくうみのひろがり

剝がれるものの響きのゆきどころ聴きつつ人らしずかに動き

はがす音ひきさかれる音のなか木柱瓦屋根の本堂

日和山の下の家々人気配青きシートの風の息づき

いのちあるいまのなかなる家ごとに瞼を閉じるごとくシート

うみのひろがり青き地球を彩りてひと涙のうすきとうめい

海と川との出会いに病院がありひとの影ゆく

吹き抜ける風の窓ひと病い治すまで風ときをはこぶまで

潮騒の香の風のなか癒えゆくときのながきを抱える北上の川

川の壁釣り人がいて糸たらす光は海へとしずかに流れ

なんでも釣れるつりびとのつぶやきひとつたゆたう川面

岸壁に川波の来ては音なげかけて川の面にきえて透明

北上川対岸に積まれて人の暮らしのこわれたかけら

重機がうごくひとの暮らしのうえの機械音ただにうごき

一瞬にこわれる日常も生も重きひびきのなかにある

チリ地震津波の恐れ刻む碑の日和山の上のつぶやき

川辺にただよってくる鰹だし生きゆくことの香がありぬ

煙が空へ向かいながれてしずけさにひと暮らしはじめる

対岸に架かる橋も川面に近く渡りだす人影のある

よせるなみおとながれてかわなみかつてゆたかな土地が育まれ

失くす形もありてなくならぬ誇りもありて蹠の痕

かぎりある人型にぬけてゆく風にかぎりなきものふれるたたずみ

あることが在る喜びをいつかつれてくる人いきて継いでゆける
断層の割れに積まれるささやかなくらしをうめてひとは生き
くきやかに日常がありそのむこうはてなる色に草々は生え

人の　海から生まれたひと族の一歩につながる砂の足跡

どこか虞(おそ)れもちつつひといきて沈黙の野に立てり

野に思う

言葉は、漢字ひとつをとってもおかれた場所により味わいが異なってくる。「野」において例えば野原ならば、晴れた空を掬うように一面に広がる草々の、緑の風が見えて来て温かさに包まれる。平野ならばそこに人々の住む家、道があり、人や乗り物の動きが見え、暮らしの息づきがある。それらは限りない空間に似て、遠く山並みに吸い込まれるような安堵感がある。けれども、人の作り出した建築物、器のなかの見えない部分を呼ぶ「野」には、限りのなかにあるはずなのに無限の空間の佇まいがある。そこには、問い続ける時の鎮もりがある。

遠く北の地から広範囲の太平洋沖でおきた巨大地震から十一年の歳月が過ぎた。その地をふるさとと呼ぶ者にとって、震災後はじめて降り立った新幹線の駅の空気感はからだの奥深く染み込んで今もある。同じ列車を降りた人たちはホームにある一種異様な静けさにみな押し黙り、前行く人の速度が自分の速度となるように改札口へ向かう階段へ吸い込まれるように下りた。そこには、ふるさとの駅に降り立ち、耳の奥のほのかな和らぎがからだごと溶けてゆくような感覚はなかった。

震災の一年後、お互いに若い頃にお世話になった平川南さんは、『東北「海道」の古代史』（岩波書店、二〇一二年）を出版された。傷を負った土地が、どのように古代から育まれていたかを、漆紙文書、土器・木簡の文字などを解読し、文献が整合するかを検証することで、新たな解釈を加えられている。文献中心の見方に一石を投じてこられた方だ。「海道」とは、現代の高速道路のような古の交通路だろうか。土地の豊かな産物の交易や行政・軍事の役割を担う「海道」という海上の交通路の存在があったことに目の前がはるかに広げられてゆくようだった。平川さんが解釈を与えることで、土地、土地にある遺跡、遺物それら点は繋げられ、「海道」という線が立ち現れた。その土地に生きて今在る人たちに誇りを気づかせようとする、その熱い思いが伝わってくる。

そして十年が過ぎてからはじめて、目の前にしたものが言葉となった。人という生命体の力が町を土地を生き生きと動かしていたことに気づいた。石巻の日和山から見た土地に草々が生え出していたが、傍らをゆく北上川はグレーで平坦だった。川が生きものであることに、人のその力で動かされている側面があることを知った。古の人たちは川の力を生かし、自然にあるものの力を借りながら、それに向き合い在ることを生きる力に換えていたのだろう。だからきっと、自然を受け入れて来たのだと思う。

松島へ向かうバスの窓越しに振り返ると、海岸線に沿ってまるで南国のヤシの木が並ぶように立つ松の木々が見えた。その間には夕陽に朱く輝く海原があり、そして反射に染まる松の幹が見えた。美しかった。古から人は、この海に魅せられて寄り添うように住みついたのだと思った。

これからもいくつかの禍に私たちは出会うかもしれないが、在る姿、在る佇まいを時のなかで受け止め続けたとき、生まれ出た存在自体が誇りであることに気づくのではないか。人は儚く、脆く悲しく、後悔に傷つきながら生きているけれども、生き抜いて来てその誇りを感じ取ったときに、在る意味がすこしわかるようになるのではないかと思う。この誇りを、持ち続けて生きてゆけばいいのだと思う。

高橋みずほ

二〇二二年八月

版元の真野少さんは、話しながら言葉を噛み締め放つとき、はるか空間を見る。そして、話し相手の目の奥に焦点を合わせるような遠い目をして、言葉の内へ耳を傾けてくる。大柄な身体をもてあますような繊細さがそこにある。作品をまとめ上げるにあたり、その繊細さに助けていただいた。

装訂をお願いした間村俊一さんに、以前、お仕事を見せていただきながら、インタビューをする機会があった。そのとき軽やかな笑い声のなかの澄んだ音を聴き、デザインを動きに変える力がそこにあると思った。定規とカッターと指先から生まれるデザインに支えられて一冊となる喜びがある。

本の製作、発行にかかわってくださった方々のお力により発信できる言葉となった。深く感謝を申し上げる。

二〇一七年から二〇二一年を中心に現在までの作品で編んだ。

歌集　野にある

二〇二二年十一月二十四日　第一刷発行

著　者　髙橋みずほ
発行人　真野　少
発行所　現代短歌社
〒六〇四-八二一二
京都市中京区六角町三五七-四
三本木書院内
電話　〇七五-二五六-八八七二

印　刷　創栄図書印刷

定　価　三三〇〇円（税込）

ISBN978-4-86534-410-3 C0092 ¥3000E